हार्पर एक किताब : एक कहानी शृंखला—8

आपकी छोटी लड़की

हार्पर एक किताब : एक कहानी श्रृंखला

१.	रोमियो जूलियट और अँधेरा	कुणाल सिंह
२.	आरोहण	संजीव
३.	क्षमा करो हे वत्स!	देवेन्द्र
४.	नोटिस	राजू शर्मा
५.	साज़-नासाज़	मनोज रूपड़ा
६.	तिरिया चरित्तर	शिवमूर्ति
७.	धर्मक्षेत्रे कुरुक्षेत्रे	दूधनाथ सिंह
८.	आपकी छोटी लड़की	ममता कालिया
९.	परिन्दे का इन्तज़ार सा कुछ...	नीलाक्षी सिंह
१०.	कविता की नयी तारीख	काशीनाथ सिंह

आपकी छोटी लड़की

ममता कालिया

हार्परकॉलिंस पब्लिशर्स इंडिया

हार्पर हिन्दी
(हार्परकॉलिंस पब्लिशर्स इंडिया) द्वारा 2010 में प्रकाशित

4th फ्लोर, टावर A, बिल्डिंग नं. 10, डीएलएफ साइबर सिटी,
डीएलएफ फेज II, गुरुग्राम, हरियाणा – 122002, भारत
www.harpercollins.co.in

2 4 6 8 10 9 7 5 3

ISBN: 978-81-7223-955-8

टाइपसेटिंग : निओ साफ़्टवेयर कन्सलटट्स, इलाहाबाद

मुद्रक : माइक्रो प्रिंट इण्डिया, नई दिल्ली

HarperCollins *Publishers*, Macken House, 39/40 Mayor Street Upper, Dublin 1, D01 C9W8, Ireland

भूमिका

एक कहानी एक किताब–जैसा कि शीर्षक से स्पष्ट है कि एक कहानी किसी कहानी संकलन का हिस्सा बनने के बजाय यहाँ स्वतन्त्र रूप से पुस्तकाकार प्रस्तुत है। इस श्रृंखला के अन्तर्गत हमने पहले चरण में दस कहानियों को चुना है। इस तरह कह सकते हैं कि इस योजना में फिलहाल दस कहानियाँ अथवा दस पुस्तकें शामिल हैं। ये सभी कहानियाँ हिन्दी की विख्यात रचनाएँ हैं। इनकी रचनात्मक सामर्थ्य का अन्दाज़ा इससे भी लगाया जा सकता है कि अनेक वर्षों से इन्हें पाठकों आलोचकों के बीच गहरा सम्मान और आकर्षण हासिल है।

इन कहानियों को चुनते समय किसी भी पाठक की तरह हमारे सामने भी हिन्दी साहित्य संसार की अनेकानेक उत्कृष्ट कहानियों का खज़ाना था।

ज़ाहिर है कि उनमें से हम सभी को नहीं चुन सकते थे और हमारा इरादा भी ऐसा न था। सबसे पहले हम यह बताना चाहते हैं कि हमारे सम्मुख बीते हुए पच्चीस बरस का समय था। पच्चीस वर्ष रजतजयन्ती समय जैसा आभास देता है किन्तु ऐसी किसी उत्सवधर्मी परिकल्पना से हम विलग थे। दरअसल करीब पिछले पच्चीस साल का कालखण्ड स्वातन्त्र्योत्तर भारत के लिए सबसे ज़्यादा उथल-पुथल भरा, अपरम्पार बदलाव लाने वाला, यथार्थ की काया बदल देने वाला वक़्त है और हिन्दी कहानी का इतिहास साक्षी है कि वह अपने महान पुरखे प्रेमचन्द से लेकर आज तक अपने समय का सृजनात्मक पाठ मनुष्यता के लिए करता रहा है। इस प्रकार देखें तो पिछले दो दशक का समय वर्तमान और भविष्य के इन्सान के लिए सबसे अधिक महत्व रखता है। इस दौर में हमारी संवेदनाओं, विचारों, परम्पराओं और जीवन शैली में सर्वाधिक विस्फोटक तोड़फोड़ हुई है। कई पुरानी समस्याएँ ज़्यादा हिंसक रूप में प्रकट हुई हैं तो कई नई मुश्किलों का सामना आज का इन्सान कर रहा है। भूमण्डलीकरण के अच्छे-बुरे नतीजे तो

इसी दौर की उपज हैं। समाजवादी व्यवस्थाओं का पतन, संचार–क्रान्ति, बाज़ार का वर्चस्व, दुनिया का एकध्रुवीय होना, आतंकवाद, बाबरी मस्जिद का ध्वंस–एक लम्बी फ़ेहरिस्त बन जाएगी। संक्षेप में कहें अपने से भिन्न के प्रति असहिष्णुता और क्रूरता के अमानवीय सुलूक को इस अवधि में अप्रत्याशित विस्तार मिला है। लेकिन विफलताओं, संकटों के समानान्तर हमने कई अभूतपूर्व उपलब्धियाँ भी अर्जित की हैं, जिनमें दलितों और स्त्रियों की मुक्ति की आकांक्षा विशेष रूप से उल्लेखनीय हैं।

उपरोक्त वास्तविकताओं ने मनुष्य समाज और दुनिया को बदल कर रख दिया है। साथ ही उसे समझने और अभिव्यक्त करने के तौर तरीकों तथा पुराने रूपों को भी परे धकेल दिया है। अब एक सच्चाई को प्रस्तुत करने के लिए सच्चाइयों के पूरे संजाल से गुज़रना आवश्यक हो चुका है। क्योंकि अब एक घटना, अनुभव, सत्य पूर्व की तरह कमोवेश स्वतन्त्र नहीं रह गये हैं। उनकी निर्मिति अनेक घटनाओं, अनुभवों व सत्यों से

सम्भव होती है। इसीलिए कहानीकार सच्चाई के उद्घाटन के लिए बहुत से कोनों अन्तरों की यात्राएँ करता है। इस प्रक्रिया में अच्छी कहानियाँ प्रायः लम्बी होती जाती हैं। अनायास नहीं है कि बीते पच्चीस सालों में बहुचर्चित बहुप्रशंसित कहानियों में अधिसंख्य आकार में लम्बी हैं। लम्बी कहानियों की कामयाबी इससे भी आँकी जा सकती है कि कई कथाकार जबरन अपनी कहानियों का आकार बढ़ाने लगे और इस कोशिश में उनकी कथाएँ औंधे मुँह गिर पड़ीं। वस्तुतः कथ्यगत या ढाँचागत कोई बदलाव कलात्मक संसार में तभी कामयाबी का कारण बनता है जब वह अभिव्यक्ति की ईमानदार और अनिवार्य बेचैनियों के कारण जन्म लेता है। हमारी मौजूदा श्रृंखला की दसों कहानियाँ इसी तर्क से प्रायः लम्बी कहानियाँ हैं। इस प्रसंग में हम इस तरफ़ भी ध्यान दिलाना चाहेंगे कि इन पच्चीस वर्षों में यथार्थ एक साथ इतना सहज़ और दुर्लभ, इतना करीब और दूर, इतना बासी और सद्यः, इतना एकरैखिक और बहुस्तरीय हो गया है कि वह यथार्थ नहीं यथार्थ की माया लगने लगा है। किन्तु यकीन मानें—है वह यथार्थ ही। और उसे रचना

में अवतरित किये बिना कहानीकार को मोक्ष मुमकिन नहीं। यथार्थ और यथार्थ की माया के इस द्वन्द्व से कहानी की संरचना में भी बड़ी तब्दीलियाँ आयीं। इस श्रृंखला की कहानियाँ तब्दीलियों के इस पक्ष का भी सुन्दर दृष्टान्त हैं।

एक कहानी एक किताब श्रृंखला की कहानियों के चयन के सन्दर्भ में हमने इस बात का ध्यान रखा है कि ये हमारे सामाजिक जीवन की भिन्न-भिन्न छवियों का अंकन करने वाली रचनाएँ हों। सभी को मिला कर पढ़ने पर ज़िन्दगी का एक वृहद रूप सामने आये। यह हमेशा स्वीकार किया गया है कि ज़ीवन के अंकन मात्र से कोई लेखन सृजन का स्थान नहीं पाता है। कोई कृति जीवन, संवेदन, विचार, भाषा, शिल्प, कला आदि के समुचित सहमेल से ही श्रेष्ठ बनती है। कहानियों को चुनते समय हमने इस पक्ष पर विशेष ज़ोर दिया है। शायद इसीलिए ये कहानियाँ गम्भीर होने के साथ बेहद पठनीय हैं। बेहद सादी होने के साथ अत्यन्त कलापूर्ण हैं। इन्सानियत के सुख-दुख को बयान करने वाली ये कहानियाँ एक साथ साधारण और

असाधारण हैं। हमने यह कोशिश भी की हैं कि इस श्रृंखला में विभिन्न पीढ़ियों के कहानीकारों का प्रतिनिधित्व हो। इसलिए यहाँ वरिष्ठ पीढ़ी से लेकर एकदम युवतम पीढ़ी के कहानीकारों की रचनाएँ उपलब्ध हैं। इस अनुभव से गुज़रना काफ़ी मूल्यवान और रोमांचक होगा कि उम्र के अलग-अलग पड़ावों पर पहुँचे हुए विभिन्न कथाकारों की आँखें देश के सच को, सौन्दर्य को, कुरूपता को किस तरह देख रही हैं।

श्रृंखला की इस कड़ी में प्रस्तुत है प्रख्यात कथाकार ममता कालिया की असाधारण कहानी–*आपकी छोटी लड़की*। यह ममता कालिया के लेखन का ऐसा मील का पत्थर है जिसे न केवल अनगिनत पाठकों की प्रशंसा हासिल है बल्कि टेलीफ़िल्म के रूप में भी इसने लोकप्रियता की ऊँचाइयाँ हासिल कीं। *आपकी छोटी लड़की* एक परिवार की दो बहनों में छोटी बहन को केन्द्र में रख कर लिखी गयी कथा है। बड़ी लड़की के आकर्षक व्यक्तित्व, बहुमुखी प्रतिभा और सफलता-दर-सफलता से हर कोई अभिभूत है।

माँ पिता भी उसी की चकाचौंध में खुश। ऐसे में छोटी लड़की के मनोवैज्ञानिक तनाव, अन्तर्द्वन्द्व और दुख को ममता कालिया ने जिस दक्षता से संवेदनात्मक रूप दिया है, वह कथा इतिहास में अनूठा है। *आपकी छोटी लड़की* का वैशिष्ट्य यह भी है कि यह कहानी यहीं तक सीमित नहीं रहती है बल्कि वह अपनी सर्जनात्मक संरचना में मनुष्य के भीतरी सौन्दर्य को शक्ति, समर्थन और प्रतिष्ठा सौंपती है।

हम उम्मीद करते हैं कि यह कहानी आपकी अपेक्षाओं की कसौटी पर खरी सिद्ध होगी। साथ ही हम यह अनुरोध भी कर रहे हैं कि आप शृंखला की समस्त कहानियों का पाठ करें। क्योंकि इन्हें पढ़ना श्रेष्ठ रचनाशीलता का आस्वाद ग्रहण करना होगा, साथ ही अपने युग को जानने समझने के सिलसिले को आगे बढ़ाना भी होगा।

अखिलेश

आपकी छोटी लड़की

ममता कालिया

"टुनिया, ज़रा भाग कर चिट्ठी डाल आ।"

"टुनिया, ठण्डा पानी पिला।"

"मैंने गैस पर दूध चढ़ाया है। तू पास खड़ी रह टुन्नो। कुछ करना नहीं है। जब दूध उफनने लगे तब तू गैस बन्द कर देना।"

दिन–भर दौड़ती है टुनिया। स्कूल से आ कर होमवर्क करती है, थोड़ा बहुत खाना खाती है। और इसके साथ ही शुरू हो जाता है काम पर काम पर काम। घर के टेढ़े से टेढ़े और सीधे से सीधे काम सब टुनिया के जिम्मे। टुनिया बाज़ार से लकड़ी लायेगी, टुनिया पौधों में पानी देगी, टुनिया

ममी को दवाई देगी, टुनिया बाहर सूख रहे कपड़े उठायेगी, टुनिया दस बार दरवाज़ा खोलेगी, दस बार दरवाज़ा बन्द करेगी। अगर पड़ोसिन आण्टी से पन्द्रह दिन पहले दी गयी कटोरी माँगनी है तो टुनिया ही जायेगी। वही इतनी बहादुर है जो जा कर सीधे-सीधे कह दे, "आण्टी, वह कटोरी दे दीजिए, वही जिसमें हम सरसों का साग दे गये थे आपको।"

अचानक मेहमान आ जायें तो बर्फ़ माँगने केरावाला मेमसाहब के पास टुनिया ही जायेगी। और किसकी मज़ाल जो उस बदमिज़ाज औरत को पटा कर उसके फ्रिज से बर्फ़ निकलवा सके।

टुनिया है तो तेरह की, पर लगती है ग्यारह की। न उसे दूध पीना अच्छा लगता है न अण्डा खाना। हल्का फुल्का बदन है उसका। कमर इतनी छोटी कि स्कूल यूनिफार्म का स्कर्ट खिसका पड़ता है। जरा भागे तो ब्लाउज़ स्कर्ट के बाहर। इसीलिए टुनिया को बेल्ट लगानी पड़ती है या फिर स्कर्ट में तीन-तीन जगह हुक फँसाने के लिए लूप। स्कूल जाने के लिए तो बाकायदा तैयार होना ही पड़ता

है, टाई भी लगानी पड़ती है, जूते भी चमाचम चाहिए। पर वैसे टुनिया को ढंग से कपड़े पहनने का धीरज कहाँ। जो हाथ आया गले में डाल लिया। घर में सभी के बाल कटे हुए हैं ममी के, दीदी के। यहाँ तक कि कोलीन के भी। कोलीन सुबह शाम आती है, डस्टिंग करती है, कपड़े इस्तरी करती है और रसोई में खाना बनाने के पूर्व की तैयारी। खाना उससे नहीं बनवाया जाता। ममी कहती हैं वह पकायेगी तो छूत लग जायेगी। टुनिया की यह ज़रा भी समझ नहीं आता कि यह छूत कैसे लगती है। जैसे कोलीन आटा गूँधे, सब्जी काट दे तो ठीक, लेकिन वही यदि सब्जी छौंक दे तो छूत, वही आटा अगर सेंक दे तो छूत। कोलीन है बड़ी फैशनेबल। नाक भौं सिकोड़ते हुए बता चुकी है कि अगर उसक बाप को दारू का इतना लालच न होता तो वह कभी काम करने न निकलती, वह भी घर–घर।

कोलीन तीन घरों में जाती है। कोलीन इतना पाउडर लगाती है कि पड़ोस के देवराज ने उसका नाम 'पाउडर एण्ड कम्पनी' रख छोड़ा है। कोलीन ऊँची–सी फ्राक पहनती है और ऊँची सैण्डिल।

उसका शरीर भी कई कोण से ऊँचा-ऊँचा लगता है। हर इतवार वह चर्च जाती है और हर शनिवार, पिक्चर। कभी उसके बालों में नया क्लिप होता है, कभी स्कर्ट की जेब में नया रूमाल। बगलवालों की आया मेरी जब पूछती है 'कहाँ से लिया?' तो कोलीन आँख मटका कर कहती है 'हमारा बॉयफ्रेण्ड दिया...।'

टुनिया को कोलीन पसन्द नहीं है। उसे लगता है कि कोलीन अच्छी लड़की नहीं है। जिन बातों पर टुनिया को ग़ुस्सा आता है उन पर कोलीन खिलखिला कर हँस पड़ती है। हर समय मस्ती-सी चढ़ी रहती है उस पर। फैशन और पिक्चर के सिवा उसे कुछ नहीं सूझता। वह बाकायदा ऐक्टिंग करके पिक्चर की कहानी सुनाती है भले ही कोई सुने, चाहे न सुने। उसका इस तरह मटकना टुनिया को नापसन्द है। वह कई बार ममी से कह चुकी है, "इसकी छुट्टी क्यों नहीं कर देतीं?" पर ममी हर बार एक ही सुर पर बात खत्म करती है, "टुन्नों, तू तो सुबह तैयार हो कर चल देती है स्कूल। बेबी को टाइम नहीं मिलता। रह गयी मैं।

तो भई साफ़ बात है, मुझसे इतना काम होता नहीं। कोलीन भी मदद न करे तो मैं मर जाऊँ।"

ममी मरने जीने के सवाल न जाने कहाँ से ले आती हैं बात–बात पर। अभी जब जबलपुर से माधुरी आण्टी आयी थीं और छुट्टियों में टुनिया को साथ ले जाना चाहती थीं, ममी ने कहा, "न बाबा न। टुनिया को मैं नहीं भेज सकती। एक तो कोलीन छुट्टी पर गयी हुई है, ऊपर से तू इसे ले जायेगी। मुझसे नहीं होता इतना सारा काम। मैं तो जीते जी मर जाऊँगी।"

माधुरी आण्टी अकेली वापस चली गयी थीं, हालाँकि टुनिया मन ही मन बहुत तरसी थी साथ जाने के लिए। कैसा होगा जबलपुर, उसने मन ही मन सोचा था। अपनी किताब में उसने भेड़ाघाट के बारे में पढ़ा था। वह वहाँ जा कर मिलान करना चाहती थी कि किताबें कितना सच बोलती हैं। पर ममी को वह कैसे मर जाने दे!

ममी की खातिर तो वह सारा दिन भागती है। कई ऐसे भी काम करती है जो उसे कतई पसन्द नहीं, मसलन पाल साहब के यहाँ जा कर पापा

को फोन करना, नल बन्द होने पर निचली मंज़िल पर डॉ० जगतियानी के घर से पानी लाना, बाज़ार से कॉंदाबटाटा खरीदना और सामान ममी को पसन्द न आने पर उसे वापस करने दुकान पर जाना। ममी उससे दुनिया भर का सामान मँगायेंगी, फिर उसमें मीन मेख निकालेंगी, "साबुन में तू दस पैसा ज़्यादा दे आयी है, बट्टी ले कर वापस बोहरा के पास जा और कह, हमें नहीं लेना साबुन। लूट मची है क्या, जो दाम मन में आया, ले लिया। टुन्नो इतनी बड़ी हो गयी तू, अभी तक अदरक खरीदने की अक्ल नहीं आयी। यह एकदम दो कौड़ी की अदरक है, गट्ठेवाली। अदरक तो एकदम बादाम जैसी आ रही है आजकल।"

अब टुनिया क्या जाने अदरक बादाम जैसी कैसी होती है। उसे तो अदरक एकदम नीरस चीज लगती है, खाने में भी और देखने में भी। एक बार खरीद कर वापस करना क्या इतना आसान होता है। पसीना आ जाता है। कार्टून अलग बनता है।

छुट्टी वाले दिन एक दोपहर घर में पानी एकदम खत्म था। ममी ने झट कह दिया, "टुनिया

एक छोटी बाल्टी पानी नीचे से ले आ, कम से कम चाय तो बने।"

डॉ० जगतियानी के यहाँ नल के साथ-साथ हैण्डपम्प भी लगा है। निचली मंज़िल होने की वजह से उनके यहाँ पानी हर वक़्त आता है। डॉ० और मिसेज जगतियानी दोनों सुबह अपने क्लिनिक पर जाते हैं। दोपहर ढाई तीन तक लौटते हैं। लौट कर खाने के बाद वे सो जाते हैं एयर कंडीशनर चला कर। उसके घर की पूरी देखभाल उनका नौकर रामजी करता है। वही फ़ोन सुनता है, कालबेल बजने पर दरवाज़ा खोलता है, कार साफ़ करता है और खाना बनाता है। सारी शाम जब डॉक्टर साहब और मिसेज जगतियानी क्लिनिक पर होते हैं रामजी टी० वी० देखता है। यह उसका रोज का काम है। टी० वी० को वह टी० बी० कहता है। एक-एक एनाउंसर को वह पहचानता है। उसने सबको नाम दे रखे हैं, 'फर्स्ट क्लास', 'सेकण्ड क्लास', 'चलेगा' और 'खटारा'।

उस दिन टुनिया पीतल की छोटी बाल्टी ले कर नीचे पहुँची तो डॉक्टर साहब का पिछला

दरवाज़ा खुला था। टुनिया सीधे अन्दर पहुँच गयी। नल खोल कर देखा, पानी नहीं था। फिर उसने हैण्डपम्प चलाया। वह भी सूखा पड़ा था। तभी रामजी रसोई में से निकल कर आया, "आज पानी नहीं है, सब खलास।"

टुनिया ने एक बार और नल खोलने के लिए हाथ बढ़ाया ही था कि रामजी ने अपने पजामे की ओर इशारा किया, और अश्लील ढंग से मुस्करा कर कहा, "लो इससे भर लो।"

टुनिया कुछ समझ नहीं पायी, पर जो कुछ उसने देखा उससे घबरा कर वह दहशत से चीखती भाग खड़ी हुई। बाल्टी वापस उठाने का किसे होश था।

बेतहाशा भागती टुनिया तीसरी मंज़िल पर घर में घुसी कि ममी की घुड़की पड़ी, "पानी नहीं लायी न, अब पीना शाम की चाय। काम तो कोई करना ही नहीं चाहता आजकल। एक कोलीन है, उसे कुछ कहो तो वह मुँह बनाती है। एक तू है, तेरे अलग नखरे। जो करूँ, मैं करूँ, जहाँ मरूँ, मैं मरूँ।" टुनिया का मन इस वक़्त इतना घिना और

घबरा रहा था कि वह क्या कर दे पर माँ की भुन-भुन सुन कर भन्ना गयी। ये ममी हैं, इन्हें क्या फिक्र, टुनिया पानी क्यों नहीं लायी। इनका तो बस काम होना चाहिए। नहीं तो ये मरने को तैयार बैठी हैं।

"और बाल्टी कहाँ फेंक आयी, बोल तो सही मुँह से? हद हो गयी ढीठपने की। खाली बाल्टी उठा कर लाने में इसकी कलाई मुड़ती है। एक हम थे। हमारी माँ ज़रा इशारा कर दे, हम सिर के बल उलटे खड़े रहते थे।"

बस शुरू हो गया ये और इनका ज़माना। अब यह रिकार्ड जल्दी नहीं रुकने का। लकड़ी काटने से ले कर सिर काटने तक के अपने तजुर्बे सुनाये जायेंगे। नानी के सिरहाने लहराता साँप ममी ने कुचला था, लोहे वाली की सोने की तगड़ी का पता ममी ने लगाया था, चोर को सेंध लगाते सबसे पहले ममी ने देखा था। नानी की बीमारी में उन्हें कैसे सँभाला था...कैसे बताये टुनिया यह सब करना आसान है, बनिस्पत वापस नीचे जाने के, अपनी आँखों वह गन्दी चीज देखने के, महज एक

बाल्टी की खातिर।

दीदी के साथ तो ऐसा नहीं करती ममी। दीदी उनका एक भी काम नहीं करती, फिर भी उसके सामने ममी कभी शिकायत नहीं करतीं। वह तो काँदा बटाटा लेने बाज़ार नहीं जाती, उसे पानी लेने डॉ० जगतियानी के यहाँ नहीं भेजा जाता, बिजली का बिल ज़मा करने की कतार में दीदी तो कभी नहीं लगी। दीदी सुबह आठ बजे सो कर उठती है। उठते ही हुक्म चलाने लगती है, "कोलीन मेरे नहाने का पानी गरम करो। ममी आलू का टोस्ट बना दो। टुनिया इस कुर्त्ते के साथ का दुपट्टा ढूँढ़ दो।"

दीदी नहाने चली जाती है और घर भर उसके कॉलेज जाने के काम में इस कदर व्यस्त हो जाता है जैसे दीदी लाम पर जा रही हो। ममी गेट तक उसे घड़ी और रूमाल पकड़ाने भागती हैं। दीदी थैंक्यू भी नहीं कहती। बस, एक महारानी नज़र सब पर डाल शान से चल देती हैं। अकेली कॉलेज जाती है, पर यों लगता है मानो चार अर्दली आगे, चार पीछे चल रहे हैं। किस शान से दीदी सड़क

क्रॉस करती है, आती जाती टैक्सियाँ, कारों को चुनौती देती। किसी की मज़ाल जो दीदी से पूछे, 'क्यों जी, यह सड़क क्या आपके पापा ने बनवायी है? वह पैदल पारपथ क्या बटेरों के लिए छोड़ रखा है?'

टुनिया को पता है जब दीदी कॉलेज के लिए निकलती है, कॉलोनी के आधा दर्जन लड़के भी तभी अपने-अपने घर से निकलते हैं। वे इधर-उधर छा जाते हैं, कोई पुलिया के पास, कोई चौराहे पर, कोई बस स्टॉप पर। दीदी इन सबकी हीरोइन है। किसी ने दीदी को कॉलेज के स्टेज पर नृत्य करते देख लिया है, बस गुडुप। किसी ने दीदी को डिबेट में बोलते सुना है, धराशायी। कोई दीदी की चाल का दीवाना है, कोई दीदी के बालों का। बच्चू सीने पर हाथ रख कर गाता है, 'उड़-उड़ के कहेगी खाक सनम...।' आबू दो साल से एल-एल०बी० में फेल हो रहा है। दीदी किसी की ओर नहीं देखती। गर्दन को एक गुमान भरा झटका दे वह बस स्टॉप पर ऐसे खड़ी हो जाती है, जैसे बकिंघम पैलेस की बग्घी उसके लिए आने वाली हो।

एक दिन तो आ भी गयी थी–प्रिन्स राजगढ़ की गाड़ी। दीदी बस स्टॉप पर खड़ी थी कि चाकलेट रंग की कार झटके से आ कर सामने खड़ी हो गयी। प्रिन्स खुद ड्राइव कर रहे थे। निहायत शालीनता से बोले, "मिस सहाय, मैं भी कॉलेज जा रहा हूँ, मे आय हैव द प्लेज़र टु ड्रॉप यू!"

दीदी ने एक नज़र उसे देखा और कहा, "सॉरी, मैं नहीं जानती आप कौन हैं"

प्रिन्स सिर झुका कर चला गया। वह कॉलेज नहीं गया। वह इतना तिलमिला गया, उसने उसी दिन न सिर्फ़ कॉलेज, वरन शहर भी छोड़ दिया।

बहुत नाज़ है टुनिया को अपनी बहन पर। दीदी टुनिया से चाहे जो काम ले ले, टुनिया कर देगी। वह दीदी के नाख़ून काटती है। रूमाल धोती है, बाल कंघी करती है, कमरा ठीक करती है। उस दिन टुनिया बहुत थकी थी। बाज़ार के पाँच चक्कर लगाने पड़े थे। दीदी को भी बाज़ार का ही एक काम था। उसे दर्ज़ी से मैक्सी मँगवानी थी। दीदी ने अपने बालों से मोतियों के फूलों का छोटा गुच्छा

निकाल कर टुनिया को पकड़ा दिया। खुशी के मारे टुनिया सारी थकान भूल गयी। फूलों को निहारते-निहारते वह दर्ज़ी की दुकान तक चली गयी और मैक्सी ले आयी। पैर बहुत दुखे, पर फूल कितना सुन्दर था।

कई बार दीदी टुनिया के हाथ में अपनी फिलॉसफी की किताब थमा कर लेट जाती है। पढ़ाई करने का दीदी का यह प्रिय तरीका है। टुनिया काण्ट, हीगल से लेकर अद्वैतवाद तक सब पढ़ कर सुनाती है। बहुत कुशाग्र बुद्धि है दीदी। एक बार का सुना ज्यों-का-त्यों याद हो जाता है उसे। इसी तरह दीदी ड्रामे का पार्ट याद करती है। दीदी के साथ-साथ टुनिया को भी याद हो जाते हैं संवाद। "माँ ने कहा, "चले गये, सब-के-सब चले गये। छह-छह बेटे पैदा किये, छहों चले गये। अब जा कर मैं सोऊँगी, चैन से सोऊँगी। जिस दिन से ब्याही, आयी, एक दिन भी नहीं सोयी। कभी किसी के लिए, कभी किसी के लिए, जीवन प्रार्थना में बीता। आज इसकी पूजा, कल उसका उपवास। अब सब चले गये। लाख तूफान आये, अब मेरा

क्या बिगाड़ लेंगे। सागर से मुझे क्या लेना और क्या देना? भले ही घर में अब भोजन के नाम पर सिर्फ़ एक सूखी सड़ी मछली हो, मुझे क्या चिन्ता, किसकी फिक्र! मैं पैर फैला कर सोऊँगी, भर नींद सोऊँगी।"

जे० एम० सिन्ज के इस नाटक में दीदी गज़ब अभिनय करती है। हॉल में बैठे एक-एक दर्शक की आँखें डबडबाई होती हैं। टुनिया ने खुद देखा है। दीदी की खासियत यही है। चाहे उसे दिलबहार बेगम बना दो, चाहे बूढ़ी अम्मा, पात्र को जीता जागता खड़ा कर देती है सामने। तभी तो अपने आगे निर्देशक को कुछ समझती नहीं। 'इंग्लिश एसोसिएशन' के नाटक 'एण्टनी एण्ड क्लियोपेट्रा' का निर्देशक वह कुर्गी लड़का है जिमी। दीदी उसका कोई कहना नहीं मानती। दीदी कहती है-'वह अपनी मर्ज़ी के अनुसार क्लियोपैट्रा के संवाद बोलेगी'। प्रोफेसर ने हार कर कह दिया, 'शी इज ए बॉर्न क्लियोपैट्रा। लैट हर हैण्डिल द कैरेक्टर।' कॉलेज के वार्षिकोत्सव में दीदी का जयजयकार होता रहता है। मुख्य अतिथि एक के बाद एक

दस पुरस्कार दीदी को देते हैं। अधिकतम अंक पाने पर अंग्रेजी, हिन्दी, फिलॉसफी और लैंग्वेज का प्रमाण–पत्र तो मिलता ही है। साथ ही गायन, नृत्य और अभिनय का भी। एक पुरस्कार व्यक्तित्व के लिए, एक वक्तृता के लिए।

टेबल टेनिस शील्ड दीदी की वजह से जीती गयी, उसका भी विशेष पुरस्कार मिलता है। बार–बार अपनी सीट से मंच तक जाना दीदी की शान के खिलाफ है। दीदी वहीं खड़ी हैं विंग्स में, एक भक्त छात्र को अपने पुरस्कार पकड़ाती हुई। वहीं से निकल कर वह मुख्य अतिथि से पुरस्कार ग्रहण करती और वहीं खड़ी हो जाती हैं। हाल में सब बड़े रश्क से उसका नाम सुन रहे हैं। उसके दीदार का इन्तज़ार कर रहे हैं। पर दीदी को कोई जल्दी नहीं। मंच पर जाते समय वह घबराती भी नहीं।

पुरस्कार टुनिया को भी मिलते हैं अपने स्कूल में। पर वह तो इस कदर हड़बड़ा जाती है कि प्राचार्या तक पहुँचना मुश्किल हो जाता है। घबराहट में मुँह से कभी 'थैंक्यू' पहले निकल ही नहीं पता, जुबान तालू से चिपक कर सूख जाती है, हाथ थर–

थर काँपते हैं। वही रोज़ के चेहरे होते हैं फिर भी टुनिया कितना घबरा जाती है। दीदी बिल्कुल नहीं घबराती। एकदम बाहरी आदमी हैं मुख्य अतिथि। पर दीदी कुछ इस अन्दाज़ में उसके हाथों से पुरस्कार लेती है मानो ले नहीं, दे रही है।

टुनिया भी बैठी है ताली बजाने वालों में। जितनी बार दीदी का नाम बुलाया जाता है, टुनिया को लगता है उसका कद ऊँचा होता जा रहा है। उसकी इच्छा होती है अपनी सीट पर खड़ी हो जाये और ज़ोर-ज़ोर से ताली पीटे। उसका दिमाग़ उसे तसल्ली और तमीज सिखाता है।

जलसे के बाद टुनिया दीदी के साथ घर लौट रही थी। कॉलेज से बस स्टॉप कुछ दूरी पर था। कुछ इनाम दीदी ने पकड़े थे, कुछ टुनिया ने।

टुनिया को लग रहा था, ये उसी ने जीते हैं। आखिर वही तो दीदी को संवाद याद कराती है नाटकों के, वही दीदी को फिलॉसफी, हिन्दी और अंग्रेजी के लैसन सुनाती है।

बार-बार रास्ते में कभी कोई, कभी कोई दीदी

को मुबारकबाद दे रहा था। तभी चार लड़कों के एक झुण्ड ने आ कर दीदी को बधाई दी। फिर उनमें से एक नाटे से लड़के ने कहा, "मिस सहाय, हम लोगों में एक शर्त लगी हैं। राज कक्कड़ का कहना है यह लड़की जो आपके साथ है, आपकी बहन है। मेरा कहना है ऐसा हो ही नहीं सकता। बकवास करना राज की पुरानी आदत है। लेकिन मैं आपकी शान के खिलाफ़ इसे बोलने थोड़े ही दूँगा। आप असलियत बता दीजिए। हम लोगों में आइसक्रीम की शर्त लगी है।"

दीदी ने निहायत लापरवाही से कहा, "मेरी बहन है यह, तूर्णा सहाय।"

लड़कों के मुँह अवाक् रह गये। उन्होंने टकटकी लगा कर टुनिया को जाँचा, जैसे चिड़ियाघर में बच्चे जैब्रा को देख रहे हों।

राज कक्कड़ ने विजेता अन्दाज़ में बाँहें चढ़ा लीं, "देखा न, मेरी खबर गलत नहीं हो सकती है। है न धमाका?"

नाटे लड़के ने हताश स्वर में कहा, "ये आपकी

सगी बहन है मिस सहाय?"

"हाँ, बाबा हाँ," दीदी ने हँसते-हँसते कहा।

"एक ही माँ की।"

"हाँ और एक ही पिता की भी।" दीदी ने अपनी तरफ़ से मज़ाक मारा, जिस पर सब हो हो कर हँस पड़े।

टुनिया को पहली बार रोना-रोना-सा आया। कितने बेहूदा लड़के हैं। कैसे भद्दे मज़ाक करते हैं। यह क्या शर्त लगाने की बात है? कितनी बार वह दीदी के साथ कॉलेज आ चुकी है। बहन नहीं तो क्या चपरासिन है?

घर जा कर टुनिया ने किसी से कुछ न कहा पर रुलाई एक अँधड़ की तरह मन में घुमड़ रही थी। किसी को उसकी ओर देखने का अवकाश ही कहाँ था। कोई दीदी की पीठ ठोंक रहा था, कोई उनका मुँह चूम रहा था। पापा ने दीदी से सगर्व कहा, "यू आर माय ब्रेनी डॉटर, शाबाश।"

टुनिया को ममी ने तत्काल भेज दिया बाज़ार

लड्डू लाने। पड़ोस के घरों में लड्डू बटेंगे, दीदी इनाम जो लायी है। सबके बच्चे उसी कॉलेज में पढ़ते हैं, पर है कोई जो इतने इनाम पाये।

टुनिया घण्टों घर–घर घूमती फिरी, सात नम्बर, आठ नम्बर, नौ नम्बर। कैरावाला, जगतियानी, द्विवेदी, आलम खान। कॉल बेल बजायी, दरवाज़ा खुला, टुनिया ने हाथ जोड़े। "नमस्ते आण्टी हमारी दीदी इस साल फिर हर चीज़ में फर्स्ट आयी है। ममी ने मिठाई भेजी है, नमस्ते।"

पापा ने रेडियो पर से टुनिया के स्कूली कप उठा कर ताक पर रख दिये और दीदी के बड़े कप सजा दिये। कमरा जगमगा उठा। नये कप चमकते कितने गज़ब के हैं। अब कल फ़ोटोग्राफ़र आयेगा। दीदी की फोटो खिंचेगी।

रात जब टुनिया अपने बिस्तर पर लेटी, उसे न जाने कहाँ से अवश रुलाई आ गयी। उसे स्पष्ट नहीं था, वह क्यों री रही थी पर आँसू थे कि बहे जा रहे थे। लगातार रोने से नींद भी उड़ गयी।

टुनिया दबे पाँव उठ कर गुसलखाने में गयी।

वहाँ लगे शीशे में उसने अपना चेहरा देखा।

नहीं, इतना बुरा तो नहीं कि बरदाश्त न हो। बाल उसके दीदी से लम्बे और मुलायम हैं। त्वचा भी उसकी चमक रही है। फिर उन लड़कों ने क्यों कहा कि वह दीदी की कोई नहीं। और फिर अगर लड़कों ने बदतमीजी की भी, तो क्या दीदी उन्हें डपट नहीं सकती थी। क्या उसका हाथ अपने हाथ में ले, गर्व से नहीं कह सकती थी–"देखो, यह है मेरी बहन, मेरी अपनी छोटी बहन, तुम्हें दिखायी नहीं देता?"

टुनिया क्या करे कि अपनी दीदी की बहन लगे। क्या गले में पट्‌टा लटका ले या आटे के बोरे में मुँह घुसा दे या छील डाले अपनी चमड़ी छिलके की तरह!

टुनिया को इसी तिलमिलाहट में याद आयी उस लाल लहँगे की, जिसके कारण उसे कितनी मार पड़ी थी। दीदी को टॉउनहाल में एकल नृत्य प्रतियोगिता में नाचना था। उसके लिए नया लाल लहँगा, ब्लाउज़ और चूनर बनवायी गयी थी। प्रतियोगिता के पूर्व दीदी दोपहर बाज़ार गयी थी

लाल चुटीला और झूमर खरीदने। पीछे से दर्जी ने आ कर दीदी की पोशाक दी। नयी लाल पोशाक टुनिया को इस कदर भायी, उससे रहा न गया। उसने चाव ही चाव में अपनी फ्रॉक उतार लहँगा ओढ़नी पहन ली। बाकायदा सिर ढँक कर वह माथे पर टिकुली लगा ही रही थी कि दीदी वापस।

टुनिया को काटो तो ख़ून नहीं। हे भगवान, दीदी ने देख लिया। अब क्या होगा?

दीदी का पारा गरम हो गया। "तूने मेरी पोशाक क्यों खराब की, बता, क्यों?" दीदी ने उसे झँझोड़ डाला।

"दीदी खराब नहीं की, लो, मैं उतार देती हूँ।"

दीदी रोने बैठ गयी, "ऊँ ऊँ ऊँ, मैं अब यह पोशाक नहीं पहनूँगी। यह गन्दी हो गयी।"

ममी ने दीदी से कुछ नहीं कहा। बस, टुनिया की धुनाई कर डाली, जिसके कारण दीदी की पोशाक गन्दी हो गयी।

टुनिया हफ़्तों सोचती रह गयी, क्या पोशाक

इतनी जल्दी, इतनी गन्दी हो गयी कि दीदी का डांस बिगड़ गया, उसे पुरस्कार नहीं मिला और घर लौटते समय उसकी एक पायल भी खो गयी?

तब से टुनिया ने गाँठ बाँधी, दीदी का कोई कपड़ा नहीं छूना है। रूमाल भी नहीं। दीदी को दुखी नहीं करना है।

रात-भर की छटपटाहट के बाद टुनिया ने तय किया वह लड़कों की खुराफ़ात पर कतई ध्यान नहीं देगी। वह अपना पूरा ध्यान पढ़ने में लगायेगी। दीदी के कॉलेज अब कभी नहीं जायेगी। मम्मी कहेंगी, तब भी नहीं।

स्कूल में टुनिया का दिन बहुत अच्छा बीता। इंग्लिश 'वेरी गुड' मिला, ड्रॉइंग में 'गुड'। खुशी के मारे बाकी पीरियड भी खटाखट बीत गये। अब आया गणित का पीरियड, होडीवाला सर की क्लास। लड़के-लड़कियों को सबसे ज़्यादा सज़ा इसी क्लास में मिलती है। लड़कों की भी जबरदस्त केनिंग होती है। लम्बी लचीली टहनी होडीवाला सर के क्लास का दौरा कर डालती है। सनाक सनाक हथेलियों पर केन लेते लड़के रोते नहीं,

पर उनके होंठ भिंच जाते हैं। टुनिया के बदन में फुरफुरी आती है जितनी बार यह आवाज़ सुनती है यह 'सनाक सनाक।'

लड़कियों को मार नहीं पड़ती। उन्हें स्कूल के बाद रुकने और पाठ लिखने की सज़ा मिलती है– 'डिटेन्शन'। क्या तुक है इसमें, सवाल गलत हुआ गणित का और सज़ा में मिल गया 'आर ह्यूमन स्ट्रक्चर' को नौ बार लिखना। टुनिया को कभी यह सज़ा नहीं मिली। लेकिन जिन्हें मिलती है वे भी तो उसकी सहेलियाँ हैं, उसे पता है, लिखते-लिखते उनकी बिचली उँगली नीली पड़ जाती है।

टुनिया के सवाल कभी गलत नहीं होते पर उसे सर का रवैया पसन्द नहीं, जिस समय छात्र सवाल कर रहे होते हैं, होडीवाला सर खिड़की पर पीठ टिका गिद्ध दृष्टि से सबको देखते रहते हैं–'नो चीटिंग'। लड़कों से निपट कर वे लड़कियों के पास आते हैं। 'लेट मी सी मिसी बाबा, वॉट हैव यू डन।' कहते हुए वे प्रत्येक मिसी बाबा का सवाल जाँचते हैं। जितनी देर वे सवाल देखते हैं, उनका एक हाथ लड़की की पीठ पर बराबर चलता

रहता है, कन्धे से लेकर कमर तक के हिस्से पर। हृष्ट पुष्ट, गुलगुली लड़कियों पर वे विशेष मेहरबान रहते हैं पर लड़कियाँ उनसे कतराती हैं। बड़ी लड़कियाँ आपस में इस बात पर भुनभुनाती हैं, पर डर के मारे कोई जुबान नहीं खोलती।

टुनिया के प्रायः सभी सवाल ठीक होते हैं। शायद इसीलिए सर उसके पास कभी नहीं फटकते, जल्दी से 'राइट' लगा कर आगे बढ़ जाते हैं। दो-चार बार टुनिया ने वे सवाल भी हल कर दिखाये हैं जो सर नहीं कर पा रहे थे। होडीवाला सर सिर्फ एस० टी० सी० तक पढ़े हैं। छात्र उनकी डिग्री को कहते हैं—सण्डास टिकट कलेक्टर। सण्डास जाने का टिकट कहाँ लगता है, उन्हीं से पूछने की बात है।

शनिवार को पापा ने सुबह बैठक साफ करवायी। उनकी बैठक बस टुनिया साफ कर सकती है। कोलीन को तो ज़रा भी तमीज़ नहीं। ज़रूरी से ज़रूरी कागज़ रद्दी समझ, कूड़े में बटोर कर फेंक देगी। दुनिया जानती है, काग़ज़ पापा की जान हैं। एक-एक चिट्ठी एक-एक अखबार क्यों

रखा हुआ है उसे पता है। ममी तो उकता जाती हैं इस सफ़ाई-अभियान से। उनका कहना है जितनी देर में पूरे घर की सफ़ाई हो उतनी देर में केवल यह बैठक साफ़ होती है। एक-एक पेपरवेट को चमकाना, पोंछना, पिनकुशन में पिन खोंसना, किताबें करीने से रैक में सजाना, इस सबकी उन्हें फ़ुर्सत कहाँ। पर टुनिया बोर नहीं होती। वह इस काम को झाड़ू और झाड़न की जुगलबन्दी कहती है।

फ़र्श पर बिछे बिस्तर की चादर बदली गयी। किताबें ठीक से लगायी गयीं। रेडियो का कवर और मेज़पोश भी धुले हुए बिछाये गये। एक बहुत बड़े साहित्यकार आने वाले थे। टुनिया ने पूछा, "पापा, क्या इनका पैर उनसे भी बड़ा होगा जो पिछली बार आये थे?"

"फिजूल बात मत करो।" पापा ने घुड़क दिया। पिछली बार भी उनके घर एक बड़े साहित्यकार आये थे। उनके पैर की छाप चादर पर पड़ गयी थी। सफ़ेद चादर के बीच वह मटमैली छाप बड़ी अज़ीब लग रही थी। बाप रे बाप, टुनिया ने सोचा

था, इतना बड़ा पैर। उसके तो दो–तीन पंजे निकल आयें इसमें से। उसने तभी सोचा था कि बड़े साहित्यकार का न केवल दिमाग़ वरन् पैर भी बड़ा होता है।

पर पापा को कोई खुराफ़ात बरदाश्त नहीं है। घर में सब स्वच्छ होना चाहिए। कायदे से कमरे में आओ, नमस्ते करो, चाय रखो और चले जाओ। अगर कमरे में कविता–पाठ चल रहा हो या गम्भीर बातचीत, कभी टोको नहीं। सुनना चाहती हो तो चुपचाप बैठ जाओ।

टुनिया किताबों की दुनिया से अनजान नहीं। किताबें उसे बेहद प्रिय हैं। वह कुछ भी और सब कुछ पढ़ डालती है, जो सामने आ जाये। यह जो साहित्यकार आने वाले हैं, श्री मुक्तिदूत, इनका उपन्यास भी उसने पढ़ा है। उसके मन में उन्हें देखने की उत्कट अभिलाषा है। टुनिया जानना चाहती है वे दूसरे के मन की बात इतनी आसानी से और इतनी अच्छी तरह से कैसे समझ लेते हैं। क्या उनके पास डॉक्टर की तरह कोई स्टेथोस्कोप होता है।

एक और बात जो टुनिया की समझ में नहीं

आती, वह यह है कि कोई साहित्यकार तो पचास पुस्तकें लिखने के बाद भी बड़ा साहित्यकार नहीं माना जाता और कोई महज़ एक पुस्तक लिख कर महान हो जाता है। पापा थोड़ा बहुत समझाते हैं, फिर अपना शाश्वत वाक्य बोल देते हैं "अभी तू बहुत छोटी है।"

इतनी छोटी नहीं है टुनिया। दिल-दिमाग हज़ार-हज़ार सवालों से भरा पड़ा है। क्यों क्यों क्यों? उसके घर अधिकतर कलाकार और साहित्यकार आते हैं। यहाँ आने वाले तरह-तरह के लोग हैं, एक बार एक कलाकार आये थे। जेब में तीन सौ रुपये और बेशुमार उम्मीदें लिये। वे फिल्मों में संघर्ष करना चाहते थे। शक्ल से कितने भोले लगते थे। उनके घर महीनों रहे थे, इसी बैठक में। रोज सुबह झोला कन्धे पर डाल निकल जाते, स्टूडियो दर स्टूडियो, दरबानों से गिड़गिड़ाते। रात को थकान से लस्त और हौसले से पस्त लौटते, पापा उन्हें अपने साथ खाना खिलाते और देर तक उनकी हिम्मत बँधाते।

अगली सुबह वे फिर निकल पड़ते। साढ़े तीन

महीने की दौड़ धूप के बाद उन्हें एक फ़िल्म में भूमिका मिली, बस स्टॉप पर खड़े एक गुण्डे की, जो चाकू दिखा कर लोगों की जेब खाली कराता है और फिर चाकू चूम कर विचित्र अट्टहास करता है, 'हा हा हा हो!' घर वे चाकू चूमने और अट्टहास करने की रिहर्सल करते तो टुनिया कमरे से हट जाती। न जाने क्यों उसे लगता यह भूमिका उस कलाकार की तौहीन थी। उसके बाद सभी फिल्मों में वे गुण्डे बने। दो ही साल में वे फिल्म उद्योग के नामी विलेन हो गये, उन्होंने जुहू पर फ़्लैट खरीद लिया, कार खरीद ली, शादी कर ली, और पापा को पहचानने से इन्कार कर दिया।

पापा को कोई खास फ़र्क नहीं पड़ा। न वे आहत हुए, न अपमानित। उन्होंने कुछ और साथी ढूँढ़ लिये। पर मम्मी किचकिचाती रहीं "जब तक दो रोटी का ठिकाना नहीं था, फलानेजी गले से बँधे रहे। आज रोटी बोटी दोनों का इन्तज़ाम हो गया तो कैसे आँखें फेर लीं। जाने इन्हें अकल कब आयेगी। अरे, अब तो यह सदाव्रत बन्द करो। आज की दुनिया में कोई किसी का नहीं। क्या मिला तुम्हें

मर–मर कर?'

पापा ने एक बार भी शिकायत नहीं की। न जाने कितने लोगों को पाँच रुपये से लेकर पचास रुपये तक उधार दिये जो डूब गये। वर्षों ममी ने घर खर्च के रजिस्टर में इसे उचंत में डाले रखा, फिर हार कर लिखना छोड़ दिया। पापा ने कहा, "इसमें क्या झींकना, सारा जीवन ही एक लेन–देन है।"

ममी बोलीं, "तुम्हारा तो सारा जीवन बस लेन–देन है।"

ममी को ग़ुस्सा बहुत जल्दी आता है। अच्छी बातों में भी वे न जाने कहाँ से आपत्ति ढूँढ़ निकालती है। इक्कीस नम्बर में नये किरायेदार आये थे मिस्टर पै। उस दिन उनकी लड़की विनया सामने के लॉन में दो तीन लड़कियों के साथ खेल रही थी। टुनिया भी पहुँच गयी। सबने मिल कर रस्सी कूदी, आइ स्पाइ खेला। वापस जैसे ही टुनिया घर आयी, माँ ने जवाब तलब किया, "किससे पूछ कर गयी थी?"

"कपड़े क्यों नहीं बदले? बाकी लड़कियों के कपड़े देखे थे। एकदम परी–जैसी लग रही थी!"

"हमारी नाक कटायेगी।"

लो, हो गयी न सारी शाम गुड़गोबर। माँ की डाँट बरदाश्त नहीं होती और माँ ही सबसे ज़्यादा डाँटती हैं। डाँटने के बाद रोने या सुस्त पड़ने का भी अवकाश नहीं देतीं। खुद अपनी तबीयत खराब कर बैठ जाती है।

फिर शुरू हो जाता है पापा की नसीहतों का सिलसिला, "कितनी बार कहा है टुन्नो, ममी को ग़ुस्सा न करने दिया करो, इनका ब्लडप्रेशर बढ़ जाता है।"

"तुम्हें ज़रा ख़याल नहीं ममी का, टुनिया। चलो, इन्हें पानी में ग्लूकोज पिलाओ।

"शाम को डॉ० गांगुली के पास ले जाना ममी को।"

डॉक्टर ममी का ब्लडप्रेशर देखता है, दवा देता है। टुनिया जबर्दस्त पश्चाताप से भर जाती है। डाँट

भी उसे ही पड़ती है, अफसोस भी उसे ही होता है, डॉक्टर के भी वही जाती है, 'सॉरी' भी वही कहती है। किसी को कोई फ़र्क नहीं पड़ता। कोई टुनिया को इस सवाल का जवाब नहीं देता कि ब्लडप्रेशर किसका जाँचा जाना चाहिए, जिसने डाँटा, उसका या जिसे डाँट पड़ी, उसका?

इन झमेलों से बिल्कुल अलग–अलग दीदी एक अलग दिशा में दौड़ रही है। लगभग रोज़ शाम कोई–न–कोई शो चलता रहता है। शो के बाद दीदी घर आती है। मेकअप उतार, कपड़े बदल वह आँख बन्द कर लेट जाती है बिस्तर पर। थोड़ी–थोड़ी देर में पापा या ममी आ कर उसे देख जाते हैं। जब उसकी आँख लग जाती है तो हौले से बत्ती बन्द करते हुए पापा कहते हैं, "बहुत स्ट्रेन पड़ रहा है बेबी पर। इसे रोजाना एक सेब दिया करो।"

हर बात दीदी से बाँटना चाहती है टुनिया। कल टुनिया ने उसे बताया कितने बड़े साहित्यकार आनेवाले हैं आज। दीदी ने कहा था, "हाय, मैं भी सुनती उनकी बातें, पर क्या करूँ, कल से तो नयी रिहर्सल शुरू है। मेन रोल मेरा ही है।"

पापा सुबह से बड़े जोश में हैं। मुक्तिदूत जी के उपन्यास और काव्यसंग्रह का फिर से पारायण हो रहा है। जगह-जगह लाल पेन्सिल से निशान लगाया जा रहा है, मुक्तिदूतजी से जम कर बहस करनी है। टुनिया भी साथ-साथ पढ़ रही है। इस कमरे का आलम अनोखा है। यहाँ बैठ कर मन किताबों में रम जाता है। न समय का ध्यान रहता है, न काम का।

तभी ममी ने आकर कहा, "टुनिया, चलो सनीचरी से सामान लाने।"

टुनिया का जोश जाम हो गया।

सनीचरी का मतलब है सूखी मछली के गंधाते ढेर, बाज़ार की कचरपचर, धूप, पसीना, धूल, बौड़म झोले, काँदा-बटाटा, गेहूँ, चावल, मसाले, पातड़भाजी, खट्टा चूका और खटारा रिक्शा। पूरी बम्बई में कहीं रिक्शा नहीं चलता सिवाय इस सनीचरी के। इस रिक्शे से रूह काँपती है टुनिया की।

पहले तो बाज़ार की एक एक दूकान पर ममी

को मोलभाव करते देखो, बोलो कुछ नहीं। बस, झोले पकड़े खड़ी रहो, फिर जब ममी की तसल्ली हो जाये तो सौदा ले लो। बराबर टकटकी लगा कर तराजू देखती रहो, तरकारीवाली कहीं डण्डी तो नहीं मार रही। इसी चतुराई से ममी महीने का पूरा सौदा सनीचरी से लेंगी। फिर बड़े कौशल से वे सस्ता रिक्शा करेंगी। रिक्शा करने में उनकी दो शर्तें अनिवार्य हैं। रिक्शा सस्ता हो और रिक्शेवाला विनम्र। झिक-झिक करने वालों से ममी को बहुत चिढ़ है। रिक्शे में चढ़ते ही ममी टमाटर का झोला या तेल की पीपी बगल की सीट पर रख लेंगी और कहेंगी, "टुनिया, तू यहाँ नीचे बैठ ले। टमाटर कहीं पिच न जायें, तेल कहीं बह न जाये, पीपी में झाल तो लगी नहीं है। थोड़ी ही दूर की बात है।"

अगर टमाटर या तेल कुछ न साथ हुआ तो कॉलोनी की ही कोई और पड़ोसन ममी को ज़रूर दिख पड़ेगी। ममी उसे भी रिक्शे में अपने साथ लाद लेंगी और कहेंगी, "टुन्नो, तू ज़रा किनारे पर टिक जा, यहाँ मेरे पैरों के पास। नहीं नहीं बहनजी,

आप परेशान मत होइए। हमारी बेटी तो बड़ी सीधी है, जहाँ कहो बैठ जाये, जहाँ कहो खड़ी हो जाये। बच्चों का क्या है, जैसे रखो, रह जाते हैं।"

नहीं बैठना चाहती टुनिया इस तरह। कितनी शर्म आती है उसे। स्कूल की कोई सहेली देख ले या टीचर तो कितनी खिल्ली उड़ेगी उसकी। आठवें में पढ़ती है। कोई बच्ची तो नहीं। वह क्या घर की नौकरानी है जो पैरों के पास बैठे। इतना ही शौक है ममी को पड़ोसिनें ढोने का तो रिक्शे क्यों नहीं ले लेतीं?

टुनिया जब इस तरह बैठती है तो सामने से उसका कच्छा दिखने लगता है। कम-से-कम टुनिया को तो यही लगता है उसका कच्छा दिख रहा है, बल्कि सारी दुनिया को खबर है कि दिख रहा है। शेम, शेम क्या करे टुनिया। फ्रॉक इतनी लम्बी नहीं कि आगे खींच ले। पीछे से ममी की चप्पल चुभ रही है, आगे से यह मुसीबत।

बहुत बोर होती है टुनिया इस सनीचरी की कवायद से। ऊपर से ग़जब यह कि ममी इसे तफ़रीह का नाम देती हैं। अब अगर घर पहुँच झोले

रख टुनिया यह कहे कि वह सत्रह नम्बरवाली पिन्हाज दाजी के यहाँ जा रही है तो ममी डपट कर कहेंगी, "बैठ चुपचाप। अभी घूम कर नहीं तो क्या पापड़ बेल कर आ रही है। घर में तो किसी का टिकुआ लगता ही नहीं है। जो करूँ मैं करूँ, जहाँ मरूँ मैं मरूँ।"

ममी एक बार बोलना शुरू कर दें तो देर तक चुप नहीं होतीं। रुक-रुक कर उसी विषय पर बोलती हैं। लिफाफे खाली कर दाल डिब्बे में डाली जा रही हैं। भाषण चालू। गेहूँ कनस्तर में पलटा जा रहा है, भाषण चालू है। धीरे-धीरे यह स्वगत कथन में बदल जायेगा। टुनिया ममी के पीछे-पीछे कुछ इस तरह घूमेगी मानो दोनों के बीच कोई तार जुड़ा है ममी मुड़ेंगी तो वह भी मुड़ेगी, ममी झुकेंगी तो वह भी झुकेगी।

ममी ने चिड़चिड़ा कर एक बार फिर कहा, "सुनती नहीं है, फिर और धूप चढ़ जायेगी। जल्दी उठ।"

पापा ने किताब पर से नज़र उठायी और बोल पड़े, बमक कर, "क्या तुम सुबह से कुड़कुड़ शुरू

कर देती हो। आटे दाल के सिवा और कुछ पता भी है। नहीं जायेगी टुनिया। इतने बड़े साहित्यकार आ रहे हैं। किसी भी समय आ सकते हैं। यहाँ कौन बनायेगा चाय? जाना है तो कोलीन को ले कर जाओ।"

एक कटखनी नज़र पापा और टुनिया पर डाल ममी चली गयीं।

पापा द ग्रेट! टुनिया को मज़ा आ गया। कैसी बाल-बाल बची वह सनीचरी से और कोलीन क्या खूब फँसी। अभी-अभी काम निपटा वह जाने की तैयारी कर रही थी। तभी तो उसने सबकी नज़र बचा कर फूलदान से एक फूल चोरी किया था बालों में लगाने के लिए। टुनिया को सब पता है। रिक्शे में जब पटरे पर बैठना पड़ेगा, सारी शान झड़ जायेगी आज।

वह तो छूटी किसी तरह। अब जब पापा कहेंगे, वह ऐसी फर्स्टक्लास चाय बनायेगी कि मुक्तिदूतजी भी हैरान रह जायेंगे। दाल पहले से पिसी रखी है, पकौड़े तल देगी।

नहीं, दीदी क्यों करेगी मदद। अभी तो वह सो कर ही नहीं उठी। उठेगी फिर तैयार होगी और तत-थई, तत-थई में लग जायेगी। कल ही तो उसके ड्रामे का पच्चीसवाँ शो खत्म हुआ है। आज नयी रिहर्सल शुरू है।

o

वक़्त से एक घण्टे बाद मुक्तिदूतजी आये-चमत्कार की तरह। एकदम झकाझक सफ़ेद खादी का कुर्ता पजामा पहने। आते ही 'हा हा' हँसना शुरू। पापा बड़े प्रसन्न। मुक्तिदूतजी ने पहले उन्हें अफसरों की दृष्टिहीनता पर एक छोटा-सा दिलचस्प भाषण दिया फिर उदाहरण, एक से एक अजबोग़रीब। गनीमत है पापा ने बिना बिदके सुन लिया। नहीं कोई भरोसा नहीं, पापा कब सहसा अफसर बन जायें, कब साहित्यप्रेमी। एक बार ऐसे ही किसी कवि के बेतकल्लुफी से बोलने पर पापा ऐंठ गये थे और उन्होंने त्यौरियों से बोलना शुरू कर दिया। कवि महोदय पापा को एक असफल मनुष्य बता रहे थे जबकि पापा अपने को निहायत सफल मानते थे।

पर मुक्तिदूतजी एक तो पापा के हमउम्र हैं, दूसरे बात करने का तरीका भी अलग है। चकित है टुनिया। पापा ने बताया था मुक्तिदूतजी न नौकरी करते हैं, न व्यवसाय। पर कितने अलमस्त। किसी बात की फिक्र ही नहीं। शहंशाह-सा अन्दाज़, गूँजभरी आवाज़, सिगरेट पीने का दिलकश अन्दाज़ और किस कदर आत्मीय। खाया उन्होंने कुछ नहीं, लेकिन चाय खूब तारीफ़ करके पी। पूछा, "किसने बनायी, आपकी पत्नी ने?"

"नहीं, टुनिया ने, यह है मेरी छोटी लड़की तूर्णा, पढ़ने में बहुत तेज़ है और चाय बनाने में भी।"

'हा, हा, हा,' मुक्तिदूतजी हँस पड़े, "यह लड़की बहुत तरक्की करेगी। मैं तो कहता हूँ जो अच्छी चाय बना सकता है, वह दुनिया में मुश्किल से मुश्किल काम कर सकता है।"

तभी दीदी तैयार हो कर कमरे में आयी। सफ़ेद साड़ी ब्लाउज में कितनी ताज़ा लग रही थी वह, फूल की तरह। रोहिणी भाटे सभी छात्रओं को सफ़ेद वस्त्र में आने को कहती हैं। उनका कहना है कि

नृत्य एक सात्विक क्रिया है। वह स्वयं भी सफ़ेद रंग ही पहनती हैं।

मुक्तिदूतजी को नमस्कार कर दीदी ने पापा से कहा, "पापा, हमें ठीक ग्यारह पहुँचना है रोहिणी भाटे की क्लास में। आज से 'बसन्त सेना' का रिहर्सल शुरू है।"

"ठीक है, चली जाना।" पापा ने कहा।

तभी मिसेज रहेजा आ गयीं, चार नम्बर से। टुनिया के यह कहने पर भी कि ममी बाज़ार गयी हैं, वह अन्दर रसोई तक उन्हें देख आयीं, फिर आ कर बैठक में बैठ गयीं।

उस समय पापा और मुक्तिदूतजी में बहस चल रही थी कि उत्कृष्ट साहित्य के लिए लोकप्रियता कोई शर्त हो सकती है या नहीं। मुक्तिदूतजी लोकप्रियता को व्यावसायिकता से जोड़ रहे थे, जबकि पापा उसे जनमानस से। वह बार-बार रामचरितमानस के लोकप्रिय अंश उद्‌धृत कर रहे थे।

मुक्तिदूतजी ने कहा, "रामचरितमानस अपनी

साहित्यिकता के कारण नहीं धार्मिक आग्रहों के कारण लोकप्रिय है।"

मिसेज़ रहेजा बैठी रहीं कुछ देर, अपनी एक एड़ी से दूसरी एड़ी खुजाती फिर बोलीं, "टुनिया, हमने इडली का घोल बना रखा है साँचा दे दो तो जल्दी से इडली पक जाये।"

अब आयी न असल बात पर। यह रहेजा आण्टी इतने बहाने क्यों बनाती हैं? आते ही सीधे कह देतीं कि साँचे के लिए आयी हैं। इन्हें क्या पता बैठक में कौन बैठा है इस वक़्त। सच, टुनिया को हैरानी होती है। कॉलोनी की सभी स्त्रियाँ एक-सी हैं—'सुबह उठ कर मेकअप कर लेना, हर वक़्त खाने-पीने के बारे में सोचना, दोपहर को सोना, शाम को टी० वी० देखना और रात को घोषित करना, आज तो मैं बहुत थक गयी।' टुनिया ऐसी कतई नहीं बनना चाहती। वह तो ऐसी बनना चाहती है, जैसे मुक्तिदूतजी। उसे लगता है ज़िन्दगी के ज़रूरी सवालों, का जवाब साहित्यकार ही ढूँढ सकता है।

मुक्तिदूतजी जानना चाहते थे कि क्या माधव

मिश्रा अभी भी इस कॉलोनी में रहते हैं।

"रहते हैं," पापा ने बताया, "आजकल बहुत उदास हैं, कहीं आते-जाते नहीं। हाल ही उनकी पत्नी का देहान्त हो गया।"

"अकस्मात्?"

"नहीं, कैन्सर था।"

"मैं तो उनका घर भूल गया हूँ, कोई आठ बरस पहले आया था एक बार। किस नम्बर में है?"

"एक सौ आठ। इस ब्लॉक से हट कर उधर तीसरी सड़क के मोड़ पर जो क्वार्टर बने हैं, उनमें।"

"कहाँ भई?"

"टुनिया बता देगी, जानती है। टुनिया बेटी, ज़रा मुक्तिदूतजी को माधव मिश्राजी के घर पहुँचा दो।" पापा बोले।

"भई, लेकिन लौट कर हम एक चाय और पियेंगे।"

"ज़रूर ज़रूर।" पापा की मुस्कान खिल गयी। पापा को और क्या चाहिए। उनका मन तो बस स्वागत सत्कार के लिए बना है। वश चले तो सारा दिन सारी रात दरवाज़ा खोले बैठे रहें, आगन्तुकों के इन्ज़ार में। उनकी भूख प्यास मित्रों के साथ बँधी है। साथ में कोई खाने वाला न हो तो तीन बजे तक खाने की सुध न लेंगे। कोई आ जाये तो बारह बजे से ही भूख लग जायेगी।

टुनिया ने ज़रा भी देर नहीं लगायी। फौरन स्लिपर्स पहने और चल दी मुक्तिदूतजी के साथ। बाप रे, कितने लम्बे हैं, ताड़ की तरह। बात करते समय अगर इनकी तरफ देखना हो तो गर्दन में बाँयटा पड़ जाये।

मुक्तिदूतजी ने देखा टुनिया उनके साथ लगभग भागते हुए चल रही है। उन्होंने रफ़्तार धीमी कर दी। पूछा, "यह तुम्हारी बहन थी न?"

"आपको कैसे पता?"

"वाह, तुमसे इतनी मिलती जो है।"

टुनिया ने शायद गलत सुना है या मुक्तिदूतजी

ने ही गलत कहा है।

"सब तो कहते हैं मुझसे ज़रा भी नहीं मिलती।"

"बहुत मिलती है। तुम्हें पता है तूर्णा, भगवान के पास सबसे बेहतरीन प्रिंटिंग प्रेस है। इन्सान लाख कोशिश करे वह बात पैदा नहीं कर सकता जो भगवान कर सकता है। जैसे किताबें छपती हैं, सब एक-सी, इसी तरह भगवान हर खानदान के नाक नक्श के ब्लाक प्रिन्ट करते हैं। तभी न जानकार लोग कहते हैं, 'अरे बबुआ तेरी नाक तो बिल्कुल दादी पर गयी है, तेरी हँसी में तो बुआ की छवि है'। ईश्वर एक बढ़िया मुद्रक है।"

अपनी ही बात पर मुक्तिदूतजी हा-हा कर हँस दिये। टुनिया के मुँह से फौरन निकला, "आप भगवान को मानते हैं?"

"क्यों, ऐसा तुम्हें क्यों लगा कि भगवान को मानने वाले कम होते जा रहे हैं।"

"पता नहीं, एक बार पापा ने कहा था लोग ज्यों-ज्यों पढ़े-लिखे बन रहे हैं, उनकी भगवान

पर से आस्था हिल रही है।"

"यह तो पापा ने कहा था, तुम क्या कहती हो?"

"मुझे भी ऐसा ही लगता है।"

"नहीं, पापा को ऐसा लगता है, इसलिए तुम्हें ऐसा लगता है। टुनिया रानी, अलग से सोचो, क्या हमारे देश से कभी ईश्वर में विश्वास खत्म हो सकता है? अभी मैं चौराहे के बीचोंबीच एक बोड़म-सा पत्थर रख दूँ सिन्दूर में रंग कर। और खुद उस पर जा कर दो फूल चढ़ा आऊँ। फिर देखना तुम अपने लोगों की कितनी आस्था है। दस में से नौ आदमी यहाँ रुकेंगे, मत्था टेकेंगे, फूल फल चढ़ायेंगे। इसे कहते हैं आस्था।"

"या अन्धविश्वास।"

"नहीं, विश्वास। वैसे विश्वास और अन्धविश्वास में बड़ा महीन-सा फ़र्क होता है। तुम अभी बहुत छोटी हो। वरना तुम्हें समझाता।"

आ गयी न वही बात। यह छोटी होना तो

बवालेजान हो गया है। अच्छी खासी बात समझ आ रही थी कि ब्रेक लग गया, अभी तुम बहुत छोटी हो।' इस वक़्त मुक्तिदूतजी मेहमान हैं, वरना टुनिया पूछती, 'छोटों को बड़ा बनने के लिए क्या करना पड़ता है? क्या सिर के बल खड़ा होना पड़ता है?'

मुक्तिदूतजी ने गौर से उसकी ओर देखा, "थक गयी?"

"नहीं," टुनिया ने गर्दन हिलायी।

"किस क्लास में पढ़ती हो?"

"क्या नाम है स्कूल का?"

"कैसे जाती हो इतनी दूर?"

लीजिए आ गया माधव मिश्रा का घर।

मिश्राजी घर पर हैं।

टुनिया का काम खत्म।

जायेगी।

मुक्तिदूत जी अब मिश्राजी से बातों में मशगूल

हो जायेंगे। दोनों साहित्यकार, दोनों बातूनी। जानती है टुनिया मुक्तिदूतजी को कौन–सा याद रहेगा वह किस क्लास में पढ़ती है, कैसे स्कूल जाती है, स्कूल का नाम क्या है। बच्चों से ऐसी बातें सभी पूछते हैं और सभी भूल जाते हैं। पापा के एक दोस्त हर एक बार उससे उसका नाम पूछते हैं और हर बार भूल जाते हैं।

o

पापा का ख़याल है चाय के बाद मुक्तिदूतजी को खाना भी खिलाया जाये। और क्या। बारह बजे हैं, चाय पिलाते एक डेढ़ बज जायेंगे।

मम्मी सनीचरी से अभी लौटी नहीं हैं। लौट कर भन्नायेंगी, 'बस शुरू हो गयी इनकी दावतें। इतना ही शौक था खिलाने का तो किसी हलवाइन से शादी कर लेते। सारा दिन बैठी रहती भट्ठी पर। बाज़ार से धूप में तपते आओ और मरो चूल्हे पर!"

टुनिया उनके आने से पहले कुछ बना लेगी। पर क्या? उसे आलू की तरकारी के सिवा कुछ

बनाना आता ही नहीं। दीदी होती तो उसकी खुशामद कर टुनिया पनीर निकलवा लेती। पनीर आलू की सब्जी बन जाती। पर दीदी तो रिहर्सल के लिए जा चुकी।

चलो जैसे बुरा बाबरा आता है बनायेगी टुनिया। पापा को 'ना' न कहेगी; खराब बनेगा तो सॉरी कह देगी। ढेर-सी सलाद काट देगी। चटनी अचार सब रखा है, दे देगी। मिठाई, पापा मँगा ही लेंगे।

ममी के लिए नहीं छोड़ेगी कोई काम। एक तो ममी थकी हुई लौटेंगी, दूसरे उन्हें ग़ुस्सा आयेगा। अगर ममी पसन्द करें तो छुट्टी वाले दिन टुनिया सारे घर का खाना बना दे। पर पसन्द ही तो असली बात है। ममी को किसी के हाथ का बना खाना अच्छा नहीं लगता। कई नौकरों की ममी छुट्टी भी कर चुकी हैं। कोई चपाती मोटी बनाता था, तो कोई सब्जी पतली बनाता। किसी की उन्हें सफ़ाई नापसन्द थी तो किसी की हाथ की सफाई। ममी बहुत स्वादिष्ट भोजन बनाती हैं, पर किसी को सिखाना उनके बस की बात नहीं। झींकने लगती हैं।

मुक्तिदूतजी आये। पहले चाय पी। पापा ने खाने के लिए आग्रह किया। सहज भाव से वह रुक गये।

टुनिया ने अकेले हाथ सारा इन्तज़ाम किया। वह दौड़-दौड़ कर गर्म फुल्का खिला रही थी। उसे बिल्कुल कष्ट नहीं हो रहा था। मुक्तिदूतजी कब-कब आते हैं!

"आपकी लड़की की आवाज़ बहुत अच्छी है, इसका रेडियो ऑडिशन क्यों नहीं करवाते।" मुक्तिदूत जी ने कहा।

पापा उत्साह और गर्व से बताने लगे, "उसे समय ही कहाँ है रेडियो के लिए। फिर रेडियो में वे कलाकार जाते हैं जो मंच अथवा टी० वी० पर अयोग्य सिद्ध होते हैं। रेडियो तीसरी श्रेणी की प्रतिभाओं के लिए है। यह तो स्टेज की नामी कलाकार है। आये दिन इसके शो होते रहते हैं। बल्कि एक बार फ़िल्मों के लिए भी प्रस्ताव मिला। काफी नामी प्रोड्यूसर का था। लेकिन आप जानते ही हैं। कॉलेज भी जाना रहता है। पढ़ाई में हरदम अव्वल आती है।"

"कौन यह टुनिया?"

"यह तो अभी बिल्कुल मूर्ख है, कुछ नहीं आता, वह मेरी बड़ी पपीहा।"

"नहीं सहाय साहब, मैं इसकी बात कर रहा हूँ, आपकी छोटी लड़की की। इसकी आवाज़ में एक संस्कार है। आजकल बहुत कम दिखायी देता है।"

फुलका लाते हुए टुनिया ने सुना, "आपकी छोटी लड़की..."

सहसा विश्वास नहीं हुआ टुनिया को। इस घर में हमेशा दीदी का जयजयकार हुई है। दीदी के गान पर तालियाँ बजी हैं; दीदी के नृत्य पर बधाई मिली है। दीदी के प्रमाणपत्र मढ़ाये गये हैं। दीदी महान है। टुनिया से कोई पूछे दीदी क्या है?

पानी का जग लाते-लाते टुनिया के कानों में मुक्तिदूतजी की आवाज़ पड़ी है, "सहाय साहब, आवाज़ से आप किसी की पूरी शख़्सियत जान सकते हैं। सच्चे खरे इन्सान की आवाज़ नाभि से उत्पन्न होती है और उर से टकराती हुई, एक समूची

संस्कृति का दस्तावेज बन कण्ठ से निकलती है। आपकी छोटी लड़की की आवाज़ में यह सब है। उसकी आवाज़ एक समूची सम्भावना है।"

टुनिया का अंग-अंग सितार-सा झनझना उठा। क्या यह सच है? क्या यह सब उस के लिए कह रहे हैं। बहुत मज़ाक करते हैं न। लेकिन हँस तो नहीं रहे। मज़ाक के मूड में तो नहीं दिखते। गम्भीर हो कर बोल रहे हैं। इतने बड़े साहित्यकार झूठ क्यों बोलेंगे? शायद झूठ ही होगा। यों ही उसे खुश कर रहे हैं या पाप की खुशामद कर रहे हैं खुशामदी तो नहीं लगते।

वह उनके सामने बोली ही कहाँ। वे ही बोलते रहे। क्या उन छोटे-छोटे अस्फुट जवाबों में से ही उन्होंने यह मणि ढूँढ़ निकाली? टुनिया ने सोचा था उन्होंने उसे मूर्ख मान कर ही ज़्यादा बात नहीं की।

पापा गर्दन हिलाते हुए उनके आगे मिठाई की प्लेट बढ़ाने लगे। पापा ने अपनी परिवार-प्रशस्ति शुरू कर दी, "हमारे घर में सभी की आवाज़ बहुत अच्छी है। मेरे पिताजी की आवाज़ भी बहुत अच्छी

थी। जब वे सस्वर रामायण पाठ करते थे तो सारा मुहल्ला आ जाता था सुनने। भीड़ सँभालना मुश्किल हो जाता था। पपीहा की आवाज़ तो सबसे अच्छी है। क्या बतायें, आज होती तो आपको गाना सुनाते!"

कुछ नहीं लेना देना टुनिया को इस परिवार-पुराण से। अब लाख बार घरवाले उससे चाय बनवाएँ, पानी मँगवाएँ, सब्जी कटवाएँ, कुछ नहीं व्यापेगा उसे। उसे आज यह कैसी सम्पदा मिल गयी है। उसके कानों में ठुमरी-सी छोटी यह बात किस कदर ठुमक रही है, 'आपकी छोटी लड़की... आपकी छोटी लड़की।'

ममता कालिया

जन्म : २ नवम्बर, १९४०, मथुरा (उ० प्र०)।

शिक्षा : एम० ए० (अंग्रेज़ी साहित्य)।

दिल्ली व मुम्बई में अंग्रेज़ी का अध्यापन, इलाहाबाद के एक डिग्री कालेज के प्राचार्य पद से सेवानिवृत्त। पूर्व निदेशक, भारतीय भाषा परिषद, कोलकाता। सम्प्रति, महात्मा गाँधी अन्तरराष्ट्रीय हिन्दी विश्वविद्यालय की अंग्रेज़ी पत्रिका 'हिन्दी' का सम्पादन।

प्रमुख प्रकाशित कृतियाँ : 'छुटकारा,' 'सीट नम्बर छह,' 'उसका यौवन,' 'प्रतिदिन,' 'जाँच अभी जारी है,' 'बोलने वाली औरत,' 'थियेटर रोड के कौव्वे,' 'पच्चीस साल की लड़की' (कहानी-संग्रह)। 'बेघर,' 'नरक दर नरक,' 'दौड़,' 'अँधेरे का ताला,' 'दुक्खम सुक्खम' (उपन्यास)। 'आत्मा अठन्नी का नाम है,' 'आप न बदलेंगे' (एकाँकी)। 'खाँटी घरेलू औरत' (कविता)। 'Tribute to Papa & other poems,' 'Poems 78' (अंग्रेजी कविता)। ९ महत्वपूर्ण पुस्तकें सम्पादित। देश-विदेश के कई पाठ्यक्रमों में पुस्तकें सम्मिलित। कई रचनाओं पर नाटक और टेलीफ़िल्म। यूरोप और नॉर्थ अमरीका की साहित्यिक यात्राएँ। नारी-विमर्श और पत्रकारिता के विभिन्न पक्षों पर प्रामाणिक लेखन। राष्ट्रीय स्तर के साहित्यिक-सांस्कृतिक आयोजनों में सक्रिय सहभागिता।

पन्द्रह से अधिक महत्वपूर्ण सम्मान/पुरस्कार प्राप्त।

सम्पर्क : ए-७३, लाजपत नगर-I, नयी दिल्ली-११००२४

मो० : 09212741322, e-mail : editor.hindi@gmail.com